忍冬

ハネーサックル

Honeysuckle

杉森多佳子

風媒社

忍冬《ハネーサックル》

Honeysuckle

目次

Ⅰ

Ⅱ

Ⅲ

I

銀色の傷

夕光《ゆうかげ》のドレープ淡く宛先のなき悲しみを紡ぎていたり

見下ろせばオープンセットのごとき街役を降りたい一日始まる

雨上がる秋めく朝の逃げ場所は空しかなくて揺れいる気球

スコーンにバラの花ジャムことさらにたっぷりとのせてわれは香れり

銀色の傷かもしれぬ輝きはクロスペンダント　しずかに外す

読み上げる死者の名と名は繋がれて鎖となりぬ九月の空に

郵便はがき

料金受取人払郵便

名古屋中局
承認

9014

差出有効期間
2026年9月29日
まで

460-8790

101

名古屋市中区大須
1-16-29

風媒社 行

注文書◉このはがきを小社刊行書のご注文にご利用ください。

書名	部数

郵便振替同封でお送りします（1500円以上送料無料

風媒社 愛読者カード

書　名

本書に対するご感想、今後の出版物についての企画、そのほか

お名前　　　　　　　　　　　　　　　　（　　　歳）

ご住所（〒　　　　　　　　）

お求めの書店名

本書を何でお知りになりましたか

①書店で見て　　②知人にすすめられて

③書評を見て（紙・誌名　　　　　　　　　　　　）

④広告を見て（紙・誌名　　　　　　　　　　　　）

⑤そのほか（　　　　　　　　　　　　　　　　　）

＊図書目録の送付希望　□する　□しない

＊このカードを送ったことが　□ある　□ない

大空の澄み切る底へ死者の名のエンドロールが果てなく続く

てのひらのまほろば

地に降れば影をもつゆえてのひらの温みに触れて雪片は消ゆ

盲目のピアニストの掌《て》にのるために降りて来たるか春の淡雪

鳩に撒くポップコーンより軽すぎるいのちは消える　風にころがり

引き金にかける指もて葦笛を吹く神がいる海のむこうに

うら若き女性兵士が捕虜となる「虜」とは男がとらわれる文字

ふいに止む噴水の筒　銃口の闇を思えばまばたきできず

空爆の怖れに遠くあどけなき二人が眠る終着駅まで

明るくてのひらほどの場所あれば微笑みながらまどろむだろう

ひらがなの多き歌詞なりゆるやかに櫂をこぐように歌い出したり

ガーゼ切り刻みたるごと散るさくらわがてのひらのまほろばに来よ

夜に泣くと無性に誰かに優しくしたい生まれた場所で人は死ねない
ふるさとの海辺の浜に現れる蜃気楼またの名をまほろば
てのひらのまほろばにある広場では死者を悼みてカリヨンが鳴る
これでもう終りなどとは思えない戦火が止んで　サンダルを買った

新しき時計のバンド馴染むまで異郷のごとき左の手首

流星のかけらを拾う手つきにて時を生み出す時計職人

洋梨の形をなせる地球かもいびつな位置にイラクはありぬ

花束を無名兵士の墓《おくつき》にささげたようにしずかなる朝

水の素描

青色の睡蓮の咲く池の名を復誦すれば潤みゆく声

葉脈をめぐりし記憶呼びおこす水の素描を捲るひととき

水の習作

憤り、悩み、悲しみ水流に情を与えしレオナルド・ダ・ヴィンチ

削除した正論ひとつ　よく切れる斧を沈めて水は苦しむ

透きとおる銀河のように絶え間なく渦巻きながらこころは動く

澄みし水濁りし水を選りながら今日の水位を保ちてゆかん

風が吹き吹かれるままに動きいる水生植物と水の肌《マチエール》
青猫《シャ・ブル》と思うかがやき空色のチューブくいっと押し出すならば
この夏の果てかもしれぬポストカードのウォーターフォール音なき飛沫
太陽に真向かいて立つツインタワー Get it done と信念もちて

頻繁に男友達が口にする成果主義には蘭の匂いす

競争を煽る言葉は嫌いなり火傷の痕がまだ治らない

薄紅のリップペンシルもて描く野心家たるべき口の輪郭

あどけなく広がる空に両手振る女でよかったと思える今日は

驟雨来ぬ　ギンズバーグの一篇の朗読にふさう声を欲しぬ

雨だれのビート聴きつつまどろむに夢の中にて強がりを言う

秋冷を運び来る雨見上げれば刃こぼれのごと身にかかりたり

黒き傘白き傘のなか赤の傘さしいるわれは一つの画素《ピクセル》

地下街に窄めし傘を人は下げ雨粒ほどのさびしさをもつ

聡明な雨粒となり消えてゆく　ビル・エヴァンスのピアノの和音

アロワナは銀のからだをひるがえす音階ひとつ上がるみたいに

草色の革のスニーカーしなやかに馴染み始めて放浪をうながす

秋の雨一重瞼の細さにて降り続きいて眠気を誘う
洗われて磨かれて身は清くなる素水のような月光を浴びて

詩の海

木の肌を削る風のなか金柑と出来たばかりの詩集が届く
海を越え居場所をさがした人の詩を北国育ちのわたしがたどる

詩の海に一語一語が漂いて言葉の波が打ち寄せてくる

波音をからだのなかに引き寄せて一冊の詩集音読をせり

かなしみをアルトの声に読み上げぬいともかろやか詩と死のひびき

箱いっぱいの金柑の実とわたしのことを、忘れないでと

雪暮れに丸いいのちが欲しくなる銀杏を炒り金柑を煮る

あかつき

絹糸のつやを束ねてあさかげは目かくしをそっとはずしはじめる
水鳥の羽毛のかるさにのるように眠りにひたる春のあかつき

天空をとこしえに担ぐアトラスの腕の痛みをあなたは知ると

水温む河となりたる体には過客という名の橋を架けたし

横抱きにされるとわたし鳴り止まぬ柱時計になるかもしれぬ

湯の中にさくら漬浮くしずけさに薄暮ひろがる人から人へ

ひそかなる想いを告げし心地なり真っ白なタオル手渡せるとき

菓子職人《パティシエ》の眼差しをもち選りゆかん朝摘みいちご、フレッシュベリー

雨のフォルム

わが胸を過去から未来へ昇りゆくシースルーエレベーター記憶をのせて

ガラス張りコーヒーショップの喧騒を洩らさぬように夕立は降る

いつかしら　この雨音を聴いたのは　わたくしを消す降り方をする

孤立する雨のしずくのフォルムなりストッキングにひとすじの傷

やるせないやるせないわとつぶやけりつぶやくうちに雨粒となる

受けとれば湿りおびたる茶封筒雨に濡れたる仔猫に似たり

朝泣きて真昼に泣きて夜泣けば死海のように曇りゆく部屋

香りたつアロマオイルを一滴落としたような雨音を聴く

あじさいの青が冴え出しさびしさはいつも青から湧きだしてくる

光の糧

落書きの黒の太陽夜に照る長者町通りの銀のシャッター

誰からもふりむかれないさびしさが火に変わるときどんな目をする

わたくしの影を影絵の中に置く傷つくことを怖れていないか

首筋を夜風涼しく吹き過ぎる無力でいいさ拳をひらけ

隕石がひそかに熱を冷ます夜　発芽のために土はふくらむ

ひよこ豆うずら豆という豆煮るに秋の夜更けはハミング零る

それとなく書き出してみるみじか歌すすきのように語尾なびかせて

小望月わずか欠けいるさびしさはさびしきままに埋めずともよし

ひんやりとしばし月光にさらされてアロエの果肉ほどに透く肌

巡回のパトカーゆっくり行き過ぎぬありふれし夜の裂けめさがして

敗者立つリングは暗し月代の光の糧が街へと降《くだ》る

雪の降る場所

秋しぐれというよりはや氷雨なり古壷のごとく父母が座す

雨晴海岸

十六歳われの記憶になけれども拉致未遂事件富山にありぬ

確率は0《ゼロ》でなかったと拉致されし少女の写真にわれが重なる

無差別テロの激しさに雹降り出しぬフロントガラスごしの顔を目がけて

浜辺からは見えないものを見てきたと緯度と経度を越えて吹く風

どこで身を雪に変えればいいのだろう日本海へと降りそそぐため

北風にマフラー長くなびかせる最期に上げる悲鳴のように

雪の日の動乱という史実ありかずかぎりなく雪の日あれど

しら雪ははからずも暗殺《テロ》目撃者　大老直弼落命せし日

二・二六事件

冬深し遠き時間に凍りつく雪の日の乱　史*の歌読む

＊斎藤史歌集『魚歌』

足早につんのめるように立ち去りし暗殺者の足跡を消す雪

身のうちに雪の降る場所つねにあり雪降るのみのしずかなる場所

つばめ翔ぶ空　　悼春日井建先生

「ボクの命日、燕忌はどうかな」と生前におっしゃったという

一滴のしずくとなりてつばめ翔ぶ青の密度の深まる五月

紫と青が溶け合う朝の空無垢なる頃の風を焦がれる

ぬくもりは夢の中にて消え果てて亡き人ひとりさがしあぐねる

あれはただ影でしかない一瞬を早送りして翔び去るつばめ

少年が白球を追う空の果て　圏外という表示が点る

終《つい》の日まで歌い続けし人思う豊麗な声、まなざし、立ち居

数学の明快さもて師は語る助詞一文字の有無のことさえ

コクトーの阿片に溺れる人生を疼痛として受けとめる夜

さびしさに溺れてゆけば楽なのに、なのに、足りない溺れる力

悲しみをこの夕空に放つなら紫陽花色に変わる日輪

面影をはつかに含む朝の水波立ちもせずわたしを映す

網膜に空の青さが砕け散る　揺るがぬ姿焼付けながら

水のレプリカ

胸元に乱反射するひかり抱き水草のように揺れいるばかり

氷片を飲みくだすときつめたさは水脈をひきつつ悲哀となりぬ

幾たびも冷たきものを飲み干すに白き炎がこみ上げてくる

氷面の下に震える水がある　氷食症という病でしょうか

曖昧なやさしい時間が降り続き鎖骨のくぼみに寒さがたまる

今日一日無声映画にまぎれ込み発語忘れて暮らすがよかろ

連弾のピアノのように会話する亡き人とならばどのようにでも

帰り来る風、たましいを待つゆえにさりげなくドア半開き

垂れ下がるキリンの細き尾は揺れて右に左にさびしめと言う

足首から冷えてせり上がる悲しみをたたえてわれは水のレプリカ

ティーポット傾ける様にうなだれる心を今日も立てなおすのみ

くちびるがボーンチャイナに触れしとき薄き白さは悲しみと知る

黄昏

吊橋を渡るここちに歩きおりいたるところに透明の橋

あおぞらに逆光線をひくつばめ颪に擦れあう痛みを告げず

この川の最下流の橋渡りつつしんがりという役目を思う

雨粒に選ばれているさっきまで路面の影のありたるあたり

離郷者の日暮れのこころたずさえて版画の中の日没を見つ

さびしさが痛覚となる身の芯を入り日の波動がやさしく包む

黄昏に咲き出す花の名をいくつ言えますか、そっと祈るように
いきさつは合唱隊《コロス》がうたう　からすうりの花の咲きいる胸のわけなど
ゆうぐれに結語を書きて発ちゆかんブロンズレッドに染まりゆく文字

Ⅱ

子規の妹のように

酸性雨含む雪降る　エベレストの雪食みたしと子規詠みて百年

まさやかに湯の中の柚子香りいる春への浮力われに与えて

定型はいまだあやつれぬ風なればこの疾風に身を任すのみ

樹木医の眼差しとなりペディキュアに選びし色は新芽のみどり

ガラス戸の濡れし外面に流れ来て桜花びら鱗となれる

わけもなく死にたかったのは夫病みて二年目の春花冷えの夜

入院の夫に付きおり病む子規を看取り続けし妹のように

たわむれて無為とたわむれ暮るる日々病室の夫は人形のように

夫の病むめぐりに林檎、招き猫、菜の花を置きて帰路につくなり

うっすらと色の褪せたる病衣干す　せつなしわれと子規の妹

クローゼットにワイシャツあまたあそばせる加療の日々はオンとオフの間

妹をいとおしむ目をしているよ、われを見上げる病床のきみ

「僕といっしょになって損したね」きみらしくない言葉吐かせたことが苦しい

ペッパーバジル、タイムサフラン、ローズマリー　かなしみ何で風味付けしよう

いつよりか友達夫婦というよりも体温似通う兄妹と思う

いちはつの長き葉につっと削ぎ落とす削ぎても残るふたりの時間

病室の間取りというはみな同じ　医療ドラマを見つつ夫言う

梅雨寒の部屋に広がる甘き香よ夫のココア好き子規に似ており

雨の日は水牛の角より濡れて神経の角鋭く光るなり

生活苦ふかまるけれど金色のミュールを履きてコンサートに行く

長身を静かに折りてチェリストは白雨のごとき喝采を受く

夏落葉若くして病む身体よりこらえ切れずに剥がれ散りしか

鶏頭の赤さが零す黒き種子そのこまかさを心に蒔けり

子育てはキャリアプランをたてやすし介護は真闇先が見えない

持ち時間僅かになれり三十代のファイナルアンサー黙すのは、嫌

あなたとの旅はこれからまだ続く虹の真下をめざす長旅

パスワード忘れてしまい永遠にたどりつけない場所ひとつある

水のなき夏の池めく降車場ひとり降ろされ風になるわれ

獺祭忌に妹としてささげよう拙き歌とあたたかきココア

落果

夕陽浴びうすく汗ばむ柿の実の沈黙やがて闇に溶けたり
落果する瞬間に見る世界にはあなたの顔がねじれて映る

病む子規の臓腑に沈む菓子パンのあるときは紫蘇あるときは餡

寝返りを打てない痛み　今誰かレモンを絞り尽くさんとして

尖塔のからだ支える足裏を見ることもなし坂道をゆく

金木犀の小花の落ちてひそと地を打てばかぐわし秋に降る雪

零れいる金の小花を踏みしだく子犬の足裏匂いておらん

マンションのめぐりの草木秋深む子規の狭庭をしずかに思う

庭という小宇宙には子規の愛でたるアムール河の小石が七つ

指差してあしたに開く花のつぼみ数えましょうかあなたのために

庭眺め眺めつくして死を待てり百年前の子規のまなざし

眠りの底

夜の空に眠らざる雲流れゆく　次に来るのは死のようなもの

朝焼けの羽化する音のする場所へ辿り着けないふたりと思う

うつしみのかそけき音が銀色の新聞受けに差し込まれゆく

裂けそうな未明の空に揺れながら黒い電線にとまるたましい

熱すぎる牛乳に張る薄膜の笑顔に訪いぬ病室の夫を

退院の人とその妻を見送れば無口な午後に巻き戻される

淡い汗におう下着を紙袋にかさっと入れるベッドの横で

引き抜かれた杭となる夫その上に私の影が伸びる日の暮れ

無秩序に壊れてしまうにんげんの体をもった人の悲しみ

三冊のハヤカワ文庫　背表紙の緋色濃くなる夜の病室

一鉢のロベリアの絵を描く子規の残り時間にむらさきの風

長いながい塀を歩みて立ち止まるそんな顔なり臥床《ふしど》の子規は

青空は揺れ続けいる向こう側　春の藤棚秋の糸瓜棚

ジャガタラ雀隣の庭の木に逃げる　『仰臥漫録』

鳥籠を母と妹が修理する庭に降り来よ　光や、あした

包帯をひらひら解けば風になり夕陽に染まり流れゆくなり

傷口の奥のほうから痛むとき（つくつくぼーし）鳴き止まぬ蝉

呼鈴を鳴らしては呼び指図する子規と暮らすはきっと憂鬱

病気の介抱に精神的と形式的との二様がある　『病床六尺』

そっけない返事でしたか、またあとで、って言ったのが嫌なんですね

秋の蝿叩《たた》き殺せと命じけり　子規

笑え。笑え。笑え。笑えよ。大笑。疼きのせいで怒りっぽくなる

惜しみなく鳴くカナリアの声を聴く妹、律とキレている子規

ひとしきり癇癪おこし眠る人　強くなければ共に暮らせず

水ぶくれの憎悪がつのる透明な密室として病床はあり

いもうとの帰り遅さよ五日月《いつか》　子規

おこらせて後悔させて気をもませさみしがる頃ただいまを言う

うたた寝の耳へと届く話し声　灯台の投げかける灯に似て

(ここいらで死んでもいいな)カナリアのまぶた閉じいる顔やわらかし

十月廿三日　夜秀真《ほずま》来る　『仰臥漫録』

手土産はマルメロ三個　美しき爆弾ならばなおもうれしき

苦しみの先の苦しみその先になにかが香る　夜の青い死

こぼしたる水は歪んで広がりぬ生きているうちは拭きとらないわ

ハーモニカふぁんふぁんふぁんと鳴らす夜　ひと息ごとに錆の味する

身じろがず老兵のように今日もまた夕暮れを待つ病室の夫

しばらくは髭伸ばすのと問いながら匙に掬ったヨーグルト垂る

病棟の夜の階段にすれ違う白衣の裾の明るき軽さ

ひんやりと冷えたる梨が膝にありバス止まるたび恥骨に触れる

子規とその弟子たちの名の羅列見つ　男声合唱の響きのような

左千夫、虚子、鼠骨、碧梧桐　子規という傘を掲げし力さまざま

今日がふと晩年となる心地して水菜の茎のしろさが香る

焦げながら牛脂溶けおり　食欲と排泄を綴る子規という人

思い出の器が欠ける　その瑕に触れつつ思う律という人

再びは嫁がず兄を介護せし律の強さが私にはない

夫の背を蒸しタオルに拭うたび夜にたつ虹のむなしさ思う

病院の周囲を歩き見比べる病室の灯とこの星月夜

湯上りの素足桃色　雪踏みの感触知るか知らずか、子規は

退院が一週間延び今日小雪《しょうせつ》　いらだったのはわたしのほうだ
目の中に笑うあなたを呼び出だすひとりで冬を迎えるために
パイル地の白のシーツを広げれば遠い雪野に眠りたくなる
眠りいる間だけが自由　閉ざされた夢の扉のノブを握って

季を違《たが》え咲く花のごとしずかなる失意を抱き目覚めてしまう

明け方の夢の四隅をととのえて畳みたるのち再び眠る

雪どけの水の流れる音でした眠りの底で口を漱げば

子を生さず三十代を棒に振る夜盗のような歳月なりと

生卵の黄身が破れて流れ出すさらってほしい光の中へ

Ⅲ

帰郷

さみどりの稲穂を渡る涼風に目を細めつつきみと佇ちおり

ニルスという少年ならずふるさとの空にゆっくりと息を吐くきみ

帰郷せしニルスの気持ち覚えたり五年ぶりなるふるさとの空

きみ病みて郷里へ帰れざる年月を今なら語れそう旅愁のごとく

あてのなき旅の不安に似ていたり病む者のただそばにいること

きみにとりアッカは誰だったのだろう挫けてばかりわたしはいたから

この坂を登りきりたると広がりぬ立山連峰いただく平野

誰よりもわれらの帰郷待ちており二組の父母老いを深めて

雪原

最後の葉落とす間際を記憶して立ち続ける樹　きのうのわたし

ふるさとという名の駅に降り立ちぬ自動改札のいまだなき駅

背伸びして冬の青空つかもうか移ろいやすい故郷の空を

褐色の雪つぶてとなり出迎えに駆けくる犬の向こうには父

かたわらにダックスフント眠りおり落葉朽ちいるときのしずけさ

靴先に触やるつめたさ沁みたはず老女入水の川岸の冬

老い人の自裁の決意あの頃のわたしにはその強ささえなし

傘先に雨のしずくを滴らせ水の余命を静かにはかる

未明より降りつぐ雪に軒下の父の自転車は冷えているなり

車中にて夜明けを待ちぬ凍てつきしサイドミラーに寝顔を映し

ふぞろいな切っ先が好き　軒下のつららの列が青白く光る

雪原の白き匂いは水仙の香にも似ずもっと生まれる前の

幼き日のひとり遊びに長きつららは王の剣と雪に埋めし

やすらぎは凍てつく中でつなぎ合う手の間にも生まれてゆくらし

鎮痛剤飲みても効かぬ痛みなぜ笑い合う間も広がるのだろう
雪原に眠りつつ果て雪原にまた生まれくる雷鳥のように

チューリップ日和

傍観者のたたずまいして竹林に立つ樹はどこか父に似ている

目ではなく土を踏みたる感触で筍の先を見つけよ、と父

竹林にしばし吹く風ひそやかな往復書簡のごとくゆきかう

春きゃべつ噛めば甘さが匂い立ちうすみどり色に脈打つからだ

傍らにさびしさ抱く人あれば春の光を束ねて渡す

柔らかな光の卵　手のひらに黄色のチューリップうけて思えり

しなやかに言うべきことは言いたくてチューリップの茎細長く伸ぶ

心情は春の素水に溶けだしてどこへ流れゆくかわからない

わたしたち似ているようで似てないね光と水を欲するけれど

影よりは光の予感放ちおり黄の花揺れてチューリップ日和

オン・ユアー・マーク

朝日射す部屋に積まれしコミックに望む死に方見い出せもせず

誤字脱字乱丁の本買わされしかなしみのわく休みが嫌い

スズメバチの巣に迷い込む暗闇の地下駐車場にスペースさがす

幸いをカートの中に積みすぎて軋むことなど私にはなし

立ち止まり弱い自分を見ておればアスファルト踏む足から溶ける

墓地よりもさらに静かな地上には心的外傷をもつひまわり揺れて

三オクターブこえて響きし声ならん光射している花の黄色は

放射性物質吸い上げて《ウクライナ核貯蔵庫跡》咲き盛るひまわり明日の種子ふりこぼせ

あなたにも私にもまだ幾つもの〈位置について《オン・ユアー・マーク》〉あるはずだから

ポケットのコインで足りるところまでバスに乗ろうか、そして歩くさ

ミュール脱ぎ水にほてりを冷ましたらスニーカー履きたい秋が来ている

冴え返る朝

ふゆの字を宋朝活字に表わせば私の好きな冬となりゆく

薄荷飴を匂わせながら極月の弘法市をめぐりて歩む

文鳥が手より飛び立つ感触を残して消える風花ひとひら

今はまだ知らなくていい柊の垣根途切れる場所に待つもの

おがくずの湿りを指にかき分けて心臓ほどの百合根をすくう

夢のみで生きてはゆけず菜の花を辛し和えにて食ぶるかなしみ

明るさを秘めながら吹く風がありミセス北風《ミストラル》とわたしを呼んで

冴え返る二月の朝は前髪を水平線のように切りたい

雪どけの水の支流がレールならこのままふたり何処へと行く

転校生見送るように見送って芽吹きの春は少しけだるい

夏雲

バス釣りに行こうよという声ありて起きがけに飲む水のように沁む

四輪駆動車追うように登る坂くちなしの花咲き匂う坂

バージンでいることの重き夏の日をふと思い出す岩牡蠣食みて

おもしろかったわと言いながら返す本　ロボットアームのごとく差し出す

旅に出る場面がきみも好きと言う　ゆうぐれの皿に海がひらける

氷菓子《アイスクリーム》を冷たい接吻《ベゼ》と言う詩人想いて一行書き添えておく

捨て印のごとき口づけ交わしおり水没の街を記憶するため

レオンカヴァッロ作曲「道化師」　二首

幕切れに密通の妻を夫が刺すオペラ聴きつつアクセルを踏む

免罪符握り締めたきあやうさを華やかに秘むソプラノの声

〈ああ!、小鳥たちは〉

いつわれの第一幕は終わるのかネッダが歌う〈鳥の歌〉聴く

風を得て風を生む羽もたざればノースリーブの腕日に焼けてゆく

湿り気を帯びはじめたるドライビング手袋の闇　行き止まるのみ

白百合の遺伝子をもつ夏雲のあの輝きをまとっていたい

街灯と街灯の間に車止め固く冷たいハンドルを抱く

デジタルの音声と地図に導かれずとも確かなる死にたどりつく

シナモン

ふと仰ぐ春の朝空三十代の最後の余白探しあぐねて

風かようわが誕生日　チューリップの葉先の尖りひとしきり揺れ

捨て石を打つ覚悟もつ妻と暮らす男もつらい、だろうと思う

したたかに恋したくとも出来ざりし若き日々経て好むシナモン

手の上にのる日溜まりにあらねどもシナモンロール一つ購う

ソテーする林檎ほのかに透きとおる眠りつつ死ぬひそやかさにて

老いるまで共に暮らせるさびしさを打ち消すように振るシナモン

香水

透きとおる花にあらねば咲くたびにオレンジ色の花粉をこぼす

ありふれし白きシャツゆえ目にみえぬジュエリーとしてまとう香水

ポリシーはフレグランスが語るはずやさしいけれど媚びない香り

ベルモットとジンの割合を変えるようには変えられぬ明日のことは

風としてコーヒーショップに立ち寄ればひとの視線に試されもせず

水彩で小さな渚描くように睫毛のきわにアイライン引く

金色の世界に棲めり笑顔なのか泣き顔なのか「ゴールド・マリリン」*

＊アンディ・ウォーホル

風のなき半日過ぎて耳裏の香気失すればしみじみひとり

雲の縁《へり》ほのかに照らす夕陽なり台詞なき一日さらりとこなす

春の空突き上げてゆくさびしさの尾にとどくまで香水振れり

紬

水流の形の干菓子食みおれば春の川音身のうちに鳴る

ほそやかに透きとおるため直立の噴水をわが背骨に据える

澄子さんゆかりの老女の紬なり見知らぬひとの生を受け継ぐ

あなたならやさしくふふっと笑うだろう恋も着物も気合が足りないって

真砂女逝く　梅と桜の季の間《あわい》九十五歳の去り方匂う

花冷や箪笥の底の男帯　　鈴木真砂女

山笑う山装いて山眠る女の四季もかくあるごとし

春霞　着物のごとく総身にまとわねばならぬただひとつの恋

白足袋のこはぜをきつく止め終えぬ添い遂げるとは死語にてあらん

春の夜の弥勒の衣揺らめかす声するほうへとらわれてゆく

イブ

はつゆきと言葉にする間に消える白ひとひらみひら冬のかげろう

両の手に抱えるためのあたたかさココアの匂う白いマグカップ

夢もたぬ壮年の夫がそっと覗くキッチンの闇にオーブンの明かり

子をもたぬ夫婦のイブになごやかな会話届けよ若き日のきみ

いつよりか雪の結晶ひとかけら額に刻める妻となりしか

冬の森にマツユキソウをさがしいる少女のような心地の一日

木版の版ずれほどのすれ違い気付かぬように冬に籠もれり

ダブルキャスト

バス停の列を離《か》れゆく放浪のはじまりによき夕映えを背に

洋梨が暗号のように香りだすきみが辛いと語らなくても

嬉々として危機語りつつたまらなく孤独なんだね　ゆっくり話して

この頃はダブルキャストで暮らしおりなぐさめ役は今宵わたくし

剥落の目立つ心を直すのは絵画修復家よりうまいかもしれない

秋晴れのガラスに映る無菌室抜け出してきたような素顔が

水晶婚

オーベルジュのテラスより見る多島海　水晶婚を迎えしわれら

多島海すずしき色のさざ波を聴けばやさしき妻につかの間ならん

マリッジブルーマタニティブルー離婚《ディボース》ブルー　女はつねに青き花なり

わが婚は昏き婚とは思わねど雨の日の海ほどの鬱あり

これからもよろしくぐらい今日ぐらい言えばいいのに海がまぶしい

ひとつの窓に二人で立てど知らぬ間に異なる方向しばし見ている

黒鍵の艶を帯びつつ暮れる海ひとりひとりの闇は異なる

船影のとだえはじめる海と島境目うすれ夜に入りたり

焼き立てのパンを待つ間のテラスには燕現れとりどりに飛ぶ

われは地に燕は空に棲み分けてかたみに風を共有したり

天色《あまいろ》の空のヴェールを射ぬかんと燕は飛べり島を発つ朝

解説

加藤治郎

少年が白球を追う空の果て　圏外という表示が点る
さびしさに溺れてゆけば楽なのに、なのに、足りない溺れる力
悲しみをこの夕空に放つなら紫陽花色に変わる日輪
面影をはつかに含む朝の水波立ちもせずわたしを映す

「つばめ翔ぶ空」から引いた。春日井建への挽歌である。燕忌とも記されていて、深く頷いた。「青海原に浮寝をすれど危ふからず燕よわれらかたみに若し」（『行け帰ることなく』）を思い出さずにはいられない。舞台は、伊良湖であった。歌枕の地である。しなやかな海燕との交歓が眩しい。恣にした若さを愛惜し、そして歌との別れがあった。杉森多佳子は、その地点から歌に真向かったのだ。

一連では、春日井作品の本歌取りを通じて師を偲ぶ。例えば一首めは「白球を追ふ少年がのめりこむつめたき空のはてに風鳴る」（『未青年』）を本歌とすることは、読者にも分かりやすいだろう。上句で『未青年』の世界を反芻しながら、下句で現在の場面を提示している。携帯電話の圏外表示であるが、棒立ちになって途方に暮れる作者の姿が見えてくる。その空の果てを思えば、自分は何も届かない圏外に居ることに気づくのだ。

「溺れる力」は、まさに春日井建のものだ。溺れながら乱れない。奔放に言葉の沃野を駆けて、短歌という様式の美を全うした氏の生涯が思われる。「日輪」も「朝の水」も、読者には親しい。杉森多佳子は、渾身の言葉で歌いきったのである。

岡井隆風に言えば、杉森多佳子は文学的遺児である。私は、敬愛する先達の娘を見守るように、歌稿を読んだ。縁を思わずにはいられない。結社という磁場は強い。そして不思議なものである。結社とは同じ志をもった人々と出会う場である。そして師弟関係を通じて伝統と向き合う場所なのである。

名古屋に住む私は、春日井建門下の人々と親しい。ときおり、もし自分が彼らの仲間だったとしたら、どんな歌人になっただろうと思うことがある。やはり、今とは別の道を歩んだと思う。杉森多佳子が「未来」の扉をノックしたことは大きな決意であったはずだ。彼女には「行け帰ることなく」という言葉が谺していたのではないか。

後に「アララギ」の伝統に直面することになる作者が、正岡子規とその妹をモチーフにした一連を詠んだことも縁というべきだろう。

○

定型はいまだあやつれぬ風なればこの疾風に身を任すのみ
うっすらと色の褪せたる病衣干す　せつなしわれと子規の妹
病む子規の臓腑に沈む菓子パンのあるときは紫蘇あるときは餡

Ⅱは、九十一首の連作として読んでみたい。近年の連作の中では、大きなボリュームである。夫と自分、子規と律、四人の物語である。看病という私的な状況が、この舞台によって多くの読者に開かれたものとなっている。読者は、子規と律を通して作者の生に歩み寄ることができるのだ。

夫と子規を重ね、律と自分を思う。兄妹と夫婦という関係を考えてもみる。四人の物語は豊かに厚みを増してゆく。そして、もう一つのテーマとして子規の文学があることは「定型はいまだあやつれぬ風」という歌からも読みとれるだろう。定型は疾風であるという感性は新鮮である。

構成としては凝った一連といえるが「色の褪せたる病衣」という即物性、「せつなし」という率直な吐露は、真っ直ぐ響いてくる。かと思うと、放胆に「菓子パン」へと子規の側に転換する。この時空の往還は、なかなか楽しいのではないか。

引き抜かれた杭となる夫その上に私の影が伸びる日の暮れ
笑え。笑え。笑え。笑えよ。大笑。疼きのせいで怒りっぽくなる
水ぶくれの憎悪がつのる透明な密室として病床はあり
うたた寝の耳へと届く話し声　灯台の投げかける灯に似て
ハーモニカふぁんふぁんふぁんと鳴らす夜　ひと息ごとに錆の味する

子規の世界と作者の現在が地続きになっている。混沌として強い。激しい感情の起伏が投げ出されている。それを冴えた修辞で昇華しているのだ。「引き抜かれた杭」という喩は、働き盛りの夫の無念の像として迫ってくる。何という無力感だろう。その上に伸びる「私の影」には、苦くて暗いものが滲んでいる。心の奥深いところに言葉が届いている。リアリティーは、磨かれた修辞が保証するものであることを改めて思うのだ。
「笑え。」から「笑えよ。」「大笑。」に変化するリズムが大胆であるが、それが怒りの裏返しで

あるところ、ぞっとする。「水ぶくれの憎悪」も痛烈で、それが密室であることに恐れさえ感じる。「灯台の投げかける灯」という喩は優しげであるが、どこか儚い。ハーモニカの音も楽しいが、下句の「錆の味」で暗転するのである。

ひんやりと冷えたる梨が膝にありバス止まるたび恥骨に触れる
子規とその弟子たちの名の羅列見つ　男声合唱の響きのような
焦げながら牛脂溶けおり　食欲と排泄を綴る子規という人
生卵の黄身が破れて流れ出すさらってほしい光の中へ

こういった歌にも自ずと立ち止まるのである。一首めは病院へ向かう、あるいは帰宅する途上のバスで詠まれた。梨は、お見舞いの品だろう。この歌のひやりとする身体感覚は、作者独特のもので凄みがある。二首め、三首めは、批評の織り込まれた歌である。子規と彼を取り巻く弟子たちの名前を「羅列」と捉え、そこに濃密な男性原理を見出している。それは作者にとっては、やや遠いものであろうか。「牛脂」の歌には、子規の呻き声が聞こえてきそうだ。
連作の最後は「光の中へ」と結ばれている。「黄身が破れて」という痛ましい世界から、さらって欲しいと願う。この希求は、眩い光の中で宙吊りになっている。

Ⅲは「帰郷」から始まり「水晶婚」で閉じられている。夫婦の有りようを見つめた私性の濃いパートと言えよう。

雪原に眠りつつ果て雪原にまた生まれくる雷鳥のように

捨て石を打つ覚悟もつ妻と暮らす男もつらい、だろうと思う

いつよりか雪の結晶ひとかけら額に刻める妻となりしか

木版の版ずれほどのすれ違い気付かぬように冬に籠もれり

洋梨が暗号のように香りだすきみが辛いと語らなくても

黒鍵の艶を帯びつつ暮れる海ひとりひとりの闇は異なる

Ⅲは初期歌篇を含むようであるが、歌集の流れとしては、Ⅱの世界を通りぬけた後の物語と読むことができる。夫の病が癒えて二人で帰郷する。立山連峰を望む富山である。そして三十代は終りを迎え、夫との齟齬を感じながらも穏やかな水晶婚を迎える。構成意識の強いⅡと対照的であるといえる。

雷鳥は風土と逞しい生命の象徴である。その雷鳥のように生きたいという。一連、清冽である。捨て石も、版ずれも、夫婦の機微を表して巧い。そして、きみの辛さに思い至るところに作者の眼差しを感じる。お互いの闇を意識するところで、この歌集は終幕を迎えるのだ。
こういった世界を読み終えて、改めてⅠに戻ると、現代社会への研ぎ澄まされた意識が際立ってくる。

読み上げる死者の名と名は繋がれて鎖となりぬ九月の空に
ふいに止む噴水の筒　銃口の闇を思えばまばたきできず
ガーゼ切り刻みたるごと散るさくらわがてのひらのまほろばに来よ
無差別テロの激しさに雹降り出しぬフロントガラスごしの顔を目がけて

テロの時代から目を逸らすことはできない。これらの歌は、Ⅱ、Ⅲの濃い私性に裏付けられているのである。噴水の筒から銃口を想起して、まばたきを意識する。無差別テロと雹を結びつけ、顔を提示する。いずれも喩を経由して、現代の危機と身体が結びついている。そこに現代短歌としてのリアリティーがあるのだ。

○

「いろいろのご連絡（杉森）」といった電子メールがときおり届く。歌会の運営など諸事をきちんと進める杉森多佳子は頼もしい。既に「未来」の仲間をリードする立場にあり、私も引っ張ってもらっているのだ。

新しい出発を喜ぶ。この歌集が多くの読者の心に届くことを願っている。

二〇〇七年一月七日

「出立」という言葉を聞いた日　――あとがきにかえて

はじめての歌集となる草稿をまとめながら、何度も思い出していたのは、四年前の晩夏の夜のことだった。

私の短歌の師であった故春日井建先生とお電話をしていた時の会話である。その当時、春日井先生は、ＮＨＫの地元番組の中にある短歌のコーナーに出演されていた。そして、毎回名古屋の若手歌人を一人紹介されたりもしていたのだが、ある時私を紹介してくださることになった。

放送局との打ち合わせで、「杉森さんは、歌集は出されていないのですか」と聞かれた。その口ぶりからは、一冊も歌集を出していないのでは歌人といえるのだろうかというようなニュアンスが漂ってきた。私は、自信なく、「まだ、歌集はもっていないのです」と答えるしかなかった。

翌日最終の連絡を、先生にした折に、歌集の有無を訊ねられたことをお話しした。すると、先生は、やわらかく微笑されたようなお声で、答えてくださった。

「それは、僕も聞かれました。けれど、杉森さんは、歌人として出立している人だからと伝えておきました。大丈夫ですよ」

その一言を聞き、とても感激したのを憶えている。しかし、再び思い起こしながら、「出立」という言葉は、今の私にはなんと重いのだろうかと思う。師の亡き後、短歌を続ける気力がなくて書かない日々もあった。やめようと思った、やめようと思いつつも、なぜ短歌を書いてきたのか、なんのために短歌を書くのかと自分に問い続けた。そんな風に迷い続けた自分に、はたして、先生は同じ言葉を言ってくださるだろうか、「出立」にふさわしいのかどうか。あの夜の言葉が幾度も幾度も静かに響いてくるのであった。

＊

本書には、作歌を始めた一九九〇年から二〇〇五年に到るまでの歌の中から選歌した三四〇首を収めました。Ⅰは、二〇〇二年の短歌研究新人賞候補作「水の素描」、二〇〇三年の短歌研究新人賞候補作「てのひらのまほろば」を中心に、二〇〇四年の題詠マラソン作品、二〇〇五年、「未来」初掲載の作品などを収録しました。Ⅱは、二〇〇二年の歌壇賞候補作品「子規の妹のように」を中心に、正岡子規にちなむ作品で構成いたしました。Ⅲには、初期歌篇から中期歌篇を少し織り交ぜながら、最近のものまでをテーマごとに再構成いたしました。全篇にわたり、かなり改訂、推敲した部分があります。

　Ⅱについて補足いたしますと、一九九五年から一九九八年にかけて、家人が六度の入院をしました。私の三十代前半から半ば過ぎにあたります。病床で家人は、テレビより本を読みながら過ごしておりました。読み終わった本を家に持ち帰り、次は私が読むという日々でもありました。その中に、司馬遼太郎の『坂の上の雲』があり、正岡子規を看病する妹、律という人の存在を知りました。ちょうどその頃の私の歳と律の年齢が近く、身近にこの世代で病人と暮らしている人がいなかったため、律に親近感を抱くようになりました。けれど、当時は短歌にむかう余裕がなく欠詠も多い時期でした。生活が落ち着き出した二〇〇一年秋、苦しかったけれども大切な自分の三十代の日々を作品化しておきたいと痛切に思い書き上げたのが、「子規の妹のように」でした。

　歌集名の『忍冬《ハネーサックル》』は、身動きのとれないようなつらさに耐えながら暮らした日々の思いとしての「忍冬」、しかし、三十代の若さ、はなやかさを見失わないようにしたいと思った気持ちとして、「ハネーサックル」というあかるい響きのルビをつけました。

昨年の未来短歌会入会にあたっては、0《ゼロ》から始めたい、現代短歌の最前線の風を感じてみたい、「アララギ」の歴史を学んでみたいなど、さまざまな思いがあって問い合わせました。未来でご指導を受けるようになった加藤治郎先生は、入会の折に、「ぼくにとって、岡井隆が、文学上の父であるなら、春日井建は、叔父のような存在でした。」というあたたかい言葉でもって迎えてくださいました。また、春日井先生のもとでまとめかけながらそのままになってしまった歌集草稿を、もう一度まとめ直して上梓するようにと勧めてくださり、ご指導を引き継いでくださいました。加藤先生のご配慮とご指導がなければ、この歌集は出版できなかったと思っており、深く感謝申し上げます。

現在参加している、東桜歌会、ねじまき句会（川柳）などでお世話になっている荻原裕幸様にも、春日井先生ご逝去の後、迷いの深い時にはたびたび適切なご助言をいただきました。心より感謝申し上げます。

私がいただいた加藤先生のお言葉や荻原様のご助言は、春日井先生の存在があってのことだと思っております。いまさらながら、春日井先生が遺してくださいましたものの大きさをかみしめています。そのもとで学ぶことができたかけがえのない歳月を大事にしながら、更なる一歩を踏み出したいと思います。

昨年から新たな活動の場となった未来短歌会「彗星集」の皆様をはじめとする多くの方々から励ましやご助言をいただき、こうしてようやく歌集を上梓することができました。ありがとうございました。

歌集表紙には、とんぼ玉作家の内田敏樹様の作品を使わせていただくことができ、イメージ通りの本となりました。深く感謝申し上げます。

出版に際しましては、風媒社の劉永昇様に、きめ細やかなご配慮とご尽力をいただきました。厚く御礼申し上げます。

二〇〇六年九月　風の盆の夜に

杉森多佳子

著者略歴

杉森　多佳子（すぎもり　たかこ）

1962年　富山市に生まれる。
1985年　女子美術大学卒業。
1990年　中部短歌会に入会、春日井建に師事する。
2005年　中部短歌会を退会。未来短歌会に入会、加藤治郎に師事する。

現在名古屋市在住。

表紙・扉作品●内田敏樹

装幀●夫馬デザイン事務所

忍冬《ハネーサックル》

二〇〇七年二月二十二日　第一刷発行

著者　杉森　多佳子
発行者　稲垣喜代志
発行所　風媒社
名古屋市中区上前津二―九―十四
〒四六〇―〇〇一三
電話　〇五二―三三一―〇〇〇八
振替　00880-5-5616
ISBN978-4-8331-2063-0
印刷所　モリモト印刷
＊定価はカバーに表示してあります